Descobrimentos

João Batista Melo

Devir Livraria

Copyright © 2011 by João Batista Melo dos Santos.

"O Caminho das Índias" copyright © 1995, 2011 by
João Batista Melo dos Santos,
primeiro publicado na coletânea de João Batista Melo,
As Baleias do Saguenay (1995).
Republicado com a permissão do autor.

"A Moça Triste de Berlim" copyright © 1995, 2011 by
João Batista Melo dos Santos,
primeiro publicado na coletânea de João Batista Melo,
As Baleias do Saguenay (1995).
Republicado com a permissão do autor.

Arte de capa: Cerito, sobre pintura de
Andries van Eertvelt.

Ilustrações: João Pirolla.

Editoração Eletrônica: Tino Chagas

DEV333067
ISBN: 978-85-7532-474-5
1ª Edição: novembro/2011

Dados Internacionais de Catalogação na Publicação (CIP)
(Câmara Brasileira do Livro, SP, Brasil)

Melo, João Batista
  Descobrimentos / João Batista Melo – São Paulo; Devir, 2011.
  1. Ficção brasileira I. Título

11-06032   CDD–869.93

Índices para catálogo sistemático:

1. Ficção : Literatura brasileira   869.93

Todos os direitos reservados e protegidos pela Lei 9610 de 19/02/1998.

É proibida a reprodução total ou parcial, por quaisquer meios existentes ou que venham a ser criados no futuro sem autorização prévia, por escrito, da editora.

Todos os direitos desta edição reservados à

Brasil
Rua Teodureto Souto, 624/630
Cambuci
São Paulo – SP

CEP: 01539-000
Fone: (11) 2127-8787
Fax: (11) 2127-8758
E-mail: duvidas@devir.com.br

DEVIR LIVRARIA

Portugal
Pólo Industrial
Brejos de Carreteiros
Armazém 4, Escritório 2
Olhos de Água
2950-554 — Palmela
Fone: 212-139-440
Fax: 212-139-449
E-mail: devir@devir.pt

Visite nosso site: **www.devir.com**

Sumário

Apresentação 5

O Caminho das Índias 23

1500 37

A Moça Triste de Berlim 83

Apresentação

Um modo interessante de enxergar as três ótimas histórias que formam este livro do multipremiado escritor mineiro João Batista Melo, é chamá-las de "ficção científica recursiva".

A expressão aparece na *The Encyclopedia of Science Fiction* (1993), para designar "histórias que tratam de pessoas reais, e os mundos ficcionais que ocupam os seus sonhos, como dividindo graus equivalentes de realidade ... Uma técnica que pode ser usada para criar mundos alternativos, geralmente voltados para trás no tempo, e frequentemente expressando uma poderosa nostalgia por passados nos quais as visões do início da FC de gênero de fato se realizam." Boa parte da ficção científica sendo produzida no Brasil atualmente é recursiva, especialmente aquelas do tipo história alternativa e *steampunk*.

No caso deste livro de João Batista Melo, o leitor é *realmente* remetido a visões do início da ficção científica. Mas para compreendê-las, é preciso examinar um outro conceito, o da "proto ficção científica".

A ficção científica tem uma linha evolutiva muito bem estabelecida. Ela já existia desde a primeira metade do século XIX — chamada de *scientific romance* ou de *voyage extraordinaire* ou apenas de "história à moda de" Wells, Verne ou outro autor de especulações científicas. E a continuidade entre essas formas e as formas mais modernas é direta e sem interrupção. Isso acontece porque o principal laboratório para a formação da ficção científica moderna, as revistas populares ou *pulp magazines*, estabeleceram o seu modelo a partir da republicação de obras de Verne, Wells e outros.

A proto ficção científica seria então um objeto ainda mais antigo. Peter Nicholls (na *Encyclopedia of Science Fiction*) é um dos que acreditam que a ficção científica "é meramente uma continuação, sem qualquer hiato verdadeiro, de uma tradição de ficção imaginativa muito mais antiga, cujas origens estão perdidas nas brumas míticas e neblinas folclóricas da tradição oral". Os discordantes afirmam que a FC e a fantasia, oriundas da era das *pulp magazines*, são literaturas populares de pequena significância, cujas tentativas de olhar para o passado seria uma busca desajeitada e artificial por pais legítimos.

Não obstante, ao leitor habitual de ficção científica não escapam semelhanças entre a FC contemporânea e *As Viagens de Gulliver* (*Gulliver's Travels*; 1726), de Jonathan Swift, apenas para citar um exemplo amplamente acessível. No ensaio "The Origins of Science Fiction Fandom: A Reconstruction", do pesquisador Sam Moskowitz, são apresentadas evidências de que colecionadores, pesquisadores e escritores de viagens fantásticas ou imaginárias, e de sátiras e utopias, poderiam ter formado uma ponte entre os textos mais antigos e as práticas mais recentes, no século XIX e XX. Mesmo no século XVIII haveria ao menos um traço de consciência da peculiaridade dessas narrativas precursoras, pois um certo Charles George Thomas Garnier teria editado em 1789 uma coleção de 39 volumes contendo obras de Luciano de Samosata, Jonathan Swift, Cyrano de Bergerac, Voltaire, entre outros que escreveram trabalhos dentro dessas formas. Moskowitz conclui: "Um editor não compila uma coleção de 39 volumes composta predominantemente de romances de ficção científica antiga a menos que haja uma demanda por tais obras. Não pode haver demanda a menos que haja colecionadores e leitores." E informa que tanto Thomas More (*A Utopia*; 1516) quanto Johannes Kepler (*Somnium*; 1634) foram tradutores de Luciano de Samosata, estando cientes de sua narrativa *Vera História*, escrita em algum ponto do século II e na qual um navio é transportado à Lua. Em cartas, Kepler teria admitido *Vera História* como fonte do seu *Somnium*, também uma narrativa de "viagem à Lua". Ao menos aqui Moskowitz comprova uma ligação admissível entre obras separadas por um lapso de mais de mil e quinhentos anos.

A narrativa *A Journey to the World Under-Ground: By Nicolas Klimius* (1742; de autoria anônima) é uma história de "Terra oca" comparada, como sátira, a *As Viagens de Gulliver* (*Gulliver's Travels*, 1726). Segundo o pesquisador Robert Philmus, ela teria sido imitada em *A Voyage to the World in the Centre of the Earth: Giving an Account of the Manners, Customs, Laws, Government and Religion of the Inhabitants* (1755), outra aventura na Terra oca, que também aparece em vários romances científicos como *A Narrativa de Arthur Gordon Pym* (*The Narrative of A. Gordon Pym*; 1837), de Edgar Allan Poe, e *Viagem ao Centro da Terra* (*Voyage au centre de la terre*; 1864) de Verne, este provavelmente influenciado pelo primeiro. Quando Poe e Verne abordaram o tema, a Terra oca já se tornara um objeto esotérico, uma lenda cuja fonte se tornara difícil de rastrear.

David Kyle, outro pesquisador americano, afirma que, "Muito mais influenciado por Cyrano [de Bergerac] foi ... o gênio Jonathan Swift. Com respeito às *Aventuras de Gulliver*, há inúmeras referências acadêmicas do seu débito à obra e ideias de de Bergerac. Curiosamente, é o *Mundus Alter et Idem* (1607), de Bishop Hall, que é geralmente tido como uma de suas fontes." Já Cyrano Savien de Bergerac foi o autor de *Histoire comique des états et empires de la lune*, de 1656, e, por sua vez, inspirou-se em *The Man on the Moone; or A Discourse of a Voyage Thither* (1638), de Francis Godwin, outra obra muito citada como precursora, e novamente Edgar Allan Poe registra seu débito a Godwin no posfácio de "The Unparalleled Adventures of one

Hans Pfaal" (1835), traçando uma ligação entre obras separadas por quase 200 anos. A história é particularmente interessante pelas justificativas científicas que oferece — confirmando a "verdade da 'nova astronomia' de Kepler e particularmente de Galileu", embora o livro se dedique mais à descrição de uma utopia lunar. David Kyle também sugere que a obra de Cyrano teria influenciado Daniel Defoe (autor de *Robinson Crusoe*, de 1719), no livro *The Consolidator: or, Memoirs of Sundry Translations from the World of the Moon Translated from the Lunar Languages by the Author of the True-Born English Man*, de 1705.

A maioria das obras anteriores ao século XIX tinham como tônica a descrição de utopias ou a satirização das sociedades da época. A sátira só tem sentido quando se dirige a um objeto solidamente fixado, e a utopia igualmente se posiciona como objeto de comparação diante de uma ordem social e política já estabelecida. É natural, portanto, que essas formas crescessem em número com o advento da Era Moderna — com a formação das principais nacionalidades europeias e com uma institucionalização maior da política e da ciência — ainda que em sua fase mais antiga, iniciada por volta de 1500, segundo historiadores como J. M. Roberts.

O acadêmico americano Thomas D. Clareson argumenta que a crença na mudança é um dos aspectos centrais, para a emergência da ficção científica: "Enquanto a civilização ocidental não questionasse, basicamente, o mito estático no qual a Terra é o centro da criação e a vida da humanidade e seu destino são ditados pela Queda e pelo Juízo Final, poderia haver pouca especulação sobre alternativas possíveis para o futuro." Para Clareson, "a Renascença mudou tudo isso, embora o início, ironicamente, tenha vindo com as Cruzadas, e encontrado expressão em 'livros de viagens' subsequentes, por homens como *Sir* John Mandeville e Marco Polo, que registraram as maravilhas que jaziam além da península europeia e forneceram vislumbres de reinos exóticos como Cathay e aquele de Prestes John."

Preste João — ou "Padre João" — é uma lenda surgida no século XII, na Europa. Como em John Mandeville, a fonte principal da lenda de Preste João são textos: as três cartas que ele teria enviado ao Papa e aos imperadores do Império Romano do Oriente e do Ocidente, oferecendo seus préstimos na retomada da Terra Santa. Colin Wilson afirma que "tudo começou por volta de 1165, com o aparecimento na Itália de uma *Letter of Prester John*", e que "Por mais de um século a lenda de Preste João ... foi tão famosa na Europa quanto aquela do mago do Rei Arthur, Merlim". Na carta, Preste João se afirmava um monarca cristão, que reinava sobre povos fantásticos, dotado de um poderio militar e de riquezas de fazer inveja a todos monarcas europeus, *juntos*. Preste João oferecia seus humildes préstimos às forças cristãs em sua luta contra os infiéis, na recuperação da Terra Santa. Ele já colocara seus magníficos exércitos em movimento, mas fora retido na tentativa frustrada de vadear com eles um dos grandes rios das Índias. Pedia que o Papa e os Imperadores lhe dissessem como proceder, com respeito ao seu oferecimento. Algum tempo se passou até que o Papa enfim respondesse à carta, que foi entregue a um grupo de religiosos, imediatamente enviado às Índias. Infelizmente, "as Índias" eram um termo genérico para o mundo desconhecido situado além da orla mediterrânea da África do Norte. Para alguns, a Índia era o que hoje chamaríamos de Etiópia. Outros a colocavam um pouco além da Pérsia, na Eurásia Central. É claro que os mensageiros não conseguiram entregar a carta ao enigmático Preste João, que provavelmente foi um dos grandes embusteiros da história.

Mas sua fama se propagou na Europa, e as descrições que ele fornecia de suas terras e dos povos e criaturas estranhas que as povoavam e seus relatos de riqueza se fixaram no imaginário europeu, a ponto dos portugueses, ao aportarem pela primeira vez na Etiópia (ou Índia), perguntarem aos nativos pelo paradeiro de Preste João.

John Mandeville, outro possível embusteiro, parece ter se influenciado pela Lenda de Preste João, em suas *Viagens de Mandeville*, do século XIV, uma viagem imaginária que se tornou imensamente popular. Juntamente com Marco Polo, os relatos de Mandeville criaram a imagética que Cristóvão Colombo levou consigo, em suas viagens à América. Quem quer que os tenham escritos (e é possível que tenham sido vários autores), estimulou a imaginação europeia, apresentando-lhes um

Outro que possui opinião própria e divergente — por exemplo, "os númidas", escreve Mandeville, "consideram bonita a pele negra e 'quanto mais pretos são, mais belos se acham'" —, bem como criaturas coletadas de muitas mitologias e crenças, e que possuem ligação com as descrições de Preste João. A compreensão geográfica de Mandeville estende essas criaturas e povos à ideia da Antípoda, ou o pólo inverso do mundo europeu. É portanto, natural, que, ao chegar às Américas, Colombo imaginasse estar aportando nesse estranho mundo inverso, as Índias ou as Antípodas, nas quais os esperavam estranhos seres e homens fabulosos, que não tinham cabeça ou possuíam rabos, em muitos dos relatos que permearam os testemunhos dos viajantes daquele tempo.

Os casos de Preste João de John Mandeville ilustram a noção de que as lendas mandam cartas e escrevem livros, e as realidades alternativas neles descritos se imprimem no imaginário, se tornam paradigmas virtuais insidiosos que convivem simultaneamente com as realizações e os testemunhos concretos.

Mas o que todo esse trajeto Preste João a Colombo nos diz é que a América, desde o momento em que o europeu aqui pisou, tornou-se uma terra maravilhosa e estranha, onde deslumbramento e terror se fundem no cotidiano de um Eu transplantado, que não consegue nem totalmente manter-se europeu, nem se deixar absorver pela nova terra. Daí a aceitação do maravilhoso pela literatura do realismo mágico ou do real maravilhoso, que veio trazer o fato fantástico e a forma narrativa folclórica, convivendo com o realismo que pressupõe o predomínio do científico e do racional, porque a ciência e a razão ocidental nunca se fixaram de maneira plena e bem articulada com todos os setores de composição social e cultural.

Os contos "O Caminho das Índias" e "1500", de João Batista Melo, transportam o leitor, de maneira instigante e original, até um tempo em que o maravilhoso e o estranho, o deslumbramento e o terror, ainda determinam a percepção do Novo Mundo. É evidente que, nesta nossa reflexão sobre a proto ficção científica e a FC recursiva, a era das grandes navegações e dos descobrimentos tem um papel muito importante na formação do gênero, fundamentando as várias especulações sobre sociedades maravilhosas ou utópicas encontradas pelos exploradores ou náufragos, em terras remotas, muito distantes e muito diferentes da Europa.

O outro tipo de ficção científica recursiva que o leitor encontra neste livro é conhecida como "história alternativa". Nas narrativas de história alternativa, o autor tenta imaginar um desvio na História, a partir de um evento crucial, que teve um resultado bastante diferente daquele que nós conhecemos.

Esse tipo de especulação pertenceu primeiro ao terreno da ensaística, e *The Encyclopedia of Scien-*

ce Fiction (1993) lista a série de ensaios *The Curiosities of Literature* (1791-1823), em que o autor, Isaac d'Israeli, defende a importância do exercício disso que também é conhecido como "alo-história" ou "ucronia". Um outro exemplo prematuro de alo-história está no ensaio de G. M. Trevelyan, "If Napoleon Had Won the Battle of Waterloo" (1907), que, é claro, tenta imaginar o que teria acontecido se Napoleão Bonaparte tivesse vencido a Batalha de Waterloo (1815), que, em nossa linha temporal, significou o fim das ambições políticas e militares de Bonaparte.

Consta que o prolífico escritor de ficção científica *pulp*, Murray Leinster (1896-1975), sempre vigoroso e imaginativo, é quem teria trazido a alo-história para o conjunto de recursos da FC, com a noveleta "Sidewise in Time", de 1934, na revista *Astounding Stories*. Nela, Leinster — cujo verdadeiro nome era William F. Jenkins — imagina um fenômeno natural temporário, que aflige certos pontos da Terra, que passam a oferecer passagem a seres e povos vindos de linhas temporais alternativas, em que vikings, chineses e romanos colonizaram a América. A noveleta acabou sendo imitada quase que imediatamente, com histórias de Stanley G. Weinbaum (1902-1935) e L. Sprague de Camp (1907-2000) aparecendo logo após. De Camp, também um brilhante ensaísta, tem um romance nesse subgênero, *Lest Darkness Fall* (1939), que é considerado importante, "a primeira tentativa séria de construir uma história alternativa na FC", segundo *The Encyclopedia*. O termo criado por Leinster, "*sidewise*", se tornou o nome do único prêmio destinado à história alternativa, criado em 1995 e apresentando a categoria Forma Longa (romance) e Forma Curta (conto, noveleta e novela).

Ao longo dos anos, outros grandes nomes da ficção científica norte-americana se dedicaram à história alternativa. Entre eles, o prolífico e longevo Jack Williamson (1908-2006), Fritz Leiber (1910-1992), C. M. Kornbluth (1923-1958), e os geniais Philip K. Dick (1928-1982) e Robert Silverberg. Com eles, alguns temas se tornaram favoritos dentro desse subgênero: histórias em que o Império Romano se estende até os nossos dias; histórias em que os Confederados do Sul venceram a Guerra da Secessão; e o favorito número um: histórias em que o Eixo venceu a Segunda Guerra Mundial, derrotando os aliados.

Dentro dessa última exploração especulativa, foram publicados vários livros de importância, hoje disponíveis no Brasil. O mais instigante e significativo é provavelmente o romance de Philip K. Dick, *O Homem do Castelo Alto* (*The Man in the High Castle*; 1962), que imagina os Estados Unidos dominados pela Alemanha (na sua Costa Leste) e Japão (na Costa Oeste), com muitas ideias interessantes sobre cultura, história, metaficção e arte. Esse romance recebeu o Prêmio Hugo de Melhor Romance, em 1963. Outros exemplos incluem o *best-seller* do inglês Robert Harris, *Pátria Amada* (*Fatherland*; 1992), e romance *Complô Contra a América* (*Plot Against America*; 2004), do grande autor *mainstream* judeu-americano Philip Roth, e *Associação Judaica de Polícia* (*The Yiddish Policemen's Union*; 2007), do também multipremiado escritor americano, Michael Chabon. Tanto o romance de Roth quanto o de Chabon foram ganhadores do Prêmio Sidewise, referentes aos anos de 2004 e 2007.

No Brasil, o primeiro texto ficcional de história alternativa que se conhece é uma novela de José J. Veiga (1915-1999), um dos mais respeitados contistas nacionais da segunda metade do século XX. A novela se chama *A Casca da Serpente*, de 1989, e propõe que Antonio Conselheiro teria escapado do ataque militar contra a sua comunidade de Canudos em 1897, para então construir uma nova comunidade, agora com bases anarquistas — ela também alvo de ações militares, mas dentro da ditadura militar que se seguiu ao Golpe de 64.

Dentro da comunidade de ficção científica, o escritor Gerson Lodi-Ribeiro é visto como o principal nome da história alternativa. Sua noveleta pioneira, "A Ética da Traição" (1993), considerada um clássico moderno da FC brasileira, imagina as circunstâncias sociopolíticas de um Brasil do século XX, que teria perdido boa parte do seu território para o Paraguai e para movimentos internos de autonomia e independência. O ponto de divergência histórica que Lodi-Ribeiro propõe é a derrota do Brasil para o seu vizinho sul-americano, na Guerra da Tríplice Aliança, cenário ao qual ele voltaria com outras histórias. Seu primeiro romance, porém, apresenta um cenário bem diferente, com as aventuras de navegadores portugueses em uma realidade na qual Portugal chegou à América antes dos espanhóis, criando uma aliança estratégica muito estreita com o Império Asteca. Trata-se de *Xochiquetzal: Uma Princesa Asteca entre os Incas* (2009).

Lodi-Ribeiro tem militado há vários anos, na promoção de uma história alternativa que faça uso ostensivo da História do Brasil e de Portugal. Um dos resultados editoriais dessa militância é a recente antologia original *Vaporpunk: Relatos Steampunk Publicados sob as Ordens de Suas Majestades* (2010), com noveletas de autores brasileiros e portugueses. São eles Eric Novello, Carlos Orsi, Yves Robert, João Ventura, Luís Filipe Silva, Octavio Aragão, Jorge Candeias, além de um novo texto do próprio Lodi-Ribeiro, que divide a organização do volume com Filipe Silva.

Pode-se citar ainda um outro autor carioca, Roberval Barcellos, como um cultor da história alternativa no Brasil. Sua história "Primeiro de Abril", que trata do Golpe de 64, apareceu na antologia *Phantastica Brasiliana: Histórias deste e doutros Brasis* (2000), organizada por Gerson Lodi-Ribeiro & Carlos Orsi Martinho. E em 2010, Barcellos publicou "Anauê", movimentada noveleta de história alternativa que mostra um Brasil de meados do século XX que, dominado pelo Movimento Integralista, começa a cair na zona de influência da Alemanha nazista. Essa segunda história apareceu na antologia *Assembleia Estelar: Histórias de Ficção Científica Política*, organizada por Marcello

Simão Branco, para a Devir. Já o paulista Roberto de Sousa Causo narra, na novela *Selva Brasil* (2010), os efeitos posteriores de uma desastrada tentativa brasileira de invasão das Guianas, no norte da América do Sul, a mando do presidente Jânio Quadros.

Por sua vez, João Batista Melo, sempre teve interesse pelo subgênero das histórias alternativas, e seu conto "O Caminho das Índias" pode ser visto como uma espécie de história alternativa das idéias, senão dos fatos históricos.

Mas com "A Moça Triste de Berlim" (1995), também incluída neste volume do selo editorial Asas do Vento, o leitor tem uma narrativa de suspense ambientada no Brasil da Era Vargas, em plena década de 1930, e que imagina um destino bem diferente para o famigerado dirigível LZ 129 *Hindenburg* — que, na *nossa* linha temporal, sofreu um histórico acidente ao pousar em Nova Jersey, nos Estados Unidos, no dia 6 de maio de 1937. Imagina, portanto, uma outra situação para a história da aviação no século XX.

Uma narrativa de história alternativa é ficção científica recursiva quando nos leva por caminhos tomados pelo gênero, no passado, recuperando temas e estratégias narrativas.

No caso da ficção científica brasileira, porém, há um interessantíssimo complicador, já que a história da FC brasileira — e da literatura popular e de gênero no Brasil — é bastante diferente daquela dos países centrais para a FC, os Estados

Unidos e a Inglaterra. Nesse sentido, uma história como "A Moça Triste de Berlim" nos sugere não só um interessante aproveitamento da história do Brasil, mas como poderia ter sido uma literatura popular bem realizada e consistente, do tipo *thriller* ou *hard-boiled*, aqui muito bem mesclada por Melo com o delírio do conto fantástico, mas ambientada em nosso país na época em que se passa a história, as primeiras décadas do século xx, era de ouro das revistas *pulp* nos Estados Unidos.

Um outro vislumbre, lateral, de um Brasil alternativo — e de uma literatura popular brasileira alternativa.

João Batista Melo é um escritor e cineasta nascido em Belo Horizonte, Minas Gerais, em 1960. É formado em Comunicação Social pela Universidade Federal de Minas Gerais (UFMG), com mestrado em Multimeios pela Universidade de Campinas (UNICAMP). Sua carreira é bastante distinta dentro da literatura brasileira: seu primeiro livro de contos, *O Inventor de Estrelas* (1991), foi o ganhador do Prêmio Guimarães Rosa 1989; *As Baleias do Saguenay* (1995), outro livro de contos, ganhou os Prêmios Cidade de Belo Horizonte (da Secretaria Municipal de Cultura de Belo Horizonte) e Paraná (da Secretaria Estadual de Cultura do Paraná); *Patagônia* (1998), seu primeiro romance, recebeu o Prêmio Cruz e Sousa de Romance 1998 (da Fundação Catarinense de Cultura); e *Um Pouco Mais de*

Swing (1999), um livro de contos, foi contemplado em 1998 com a bolsa da Fundação Biblioteca Nacional para obras de autores brasileiros em fase de conclusão. Seu livro mais recente é nova coletânea de histórias, *O Colecionador de Sombras* (2008).

Ele também publicou contos nos jornais *O Globo*, *Folha de S. Paulo* e *Suplemento Literário do Minas Gerais*, e participou da antologia *Des nouvelles du Brésil* (1999), publicada pela editora francesa Editions Metailié, com vinte histórias brasileiras escritas entre 1945 e 1998, por vinte autores diferentes. Organizada por Célia Pisa, essa antologia fez uma panorâmica da literatura brasileira, no ano em que o Brasil foi o país tema de uma grande feira literária na França.

João Batista Melo figurou na antologia seminal *Geração 90: Manuscritos do Computador* (2001), organizada por Nelson de Oliveira. Mais recentemente, apareceu na antologia de ficção científica *Contos Imediatos* (2009).

Descobrimentos

Sento-me à lareira e penso
em gente de há muito tempo
e em gente que verá um mundo
que nunca conhecerei.

(J. R. R. Tolkien, *O Senhor dos Anéis*)

O Caminhos das Índias

Então, passadas as gerações das trevas,
vieram as gerações da luz.
(Walter M. Miller, Jr.,
Um Cântico para Leibowitz)

Alguns se fazem ao mar pelas riquezas. Outros embarcam em defesa da fé. Eu nem ao menos esse lenitivo tenho. Navego apenas por navegar. Em tempos remotos, criei escamas de peixe e me fiz sereia insubmersa, prisioneiro dos escaleres e das gáveas, condenado a vaguear pelos mares, quer como corsário quer como homem do rei.

Sem cobiça além das ondas e tormentas, não me justifico a presença nesta nau insana. Sinto a morte a nos esperar e nenhuma de suas recompensas me alicia: nem a conversão dos bárbaros nem o tesouro dos cravos e granadas. Olho o mar se abrindo para o nosso calado e me pergunto se nós o cruzamos ou se ele nos arrasta, iludidos, rumo a um destino obscuro.

Da amurada na proa, Cristóvão Colombo me observa, e no seu silêncio demonstra conhecer o que me perturba. Insinua nos olhos cortantes que sabe ser eu quem no alto das escadas, no esgotamento dos porões, sopra temores nos corpos da tripulação, espalha horrendas histórias e visões e as deixa alastrar pelo convés nas noites mais escuras. Quando tiver a certeza me lançará aos tubarões, fará dos meus braços e pés uma nova âncora, deixara os papéis onde escrevo derivarem nos vagalhões do Mar Oceano.

Por enquanto me relega ao ostracismo. Precisara de mim apenas quando avistar terra. Então me chamara, e eu, o seu renitente escrivão, contarei os atos de bravura das três embarcações que se aventuraram para onde ninguém antes ousou seguir, e enfim aportaram nas Ilhas Molucas para retornarem cravejadas de sementes. Esse é o sonho de Colombo. Esse é o meu pesadelo.

Nem ele, sua excelência o comandante de nossa gloriosa frota, debruçado em tratados e portulanos, sabe realmente o que existe no caminho diante de nós. Eu próprio tenho certeza somente do que nos acompanha. Várias vezes os distingui claramente no início das noites. Certos dias aparecem sozinhos, em outros atravessam o oceano em bando. Tentei mostrá-los aos companheiros da tripulação, mas ariscos os monstros se confundem com o tremor das ondas. Os pescoços longos como cobras inchadas desaparecem tão rápido quanto surgem, os corpos negros fulgem na penumbra. Eles nos escoltam, bem sei, levando-nos para onde desejam, cúmplices da loucura de Colombo.

Há vários dias a inquietação não habita apenas os meus pensamentos. Os marujos se irritam perdidos na vastidão de água, o mundo cada vez mais distante às nossas costas, o caminho das Índias desvanecendo numa alucinação líquida. O peixe salgado servido em doses parcas, as rações de vinho e farinha, os porões sempre mais cheios de água. A sensatez e a volta, a baixa do desafio contra as potências desses mares que não foram feitos para o homem.

É noite, nuvens entrelaçando fachos de escuridão, os marinheiros adormecidos no convés. Na popa alta contemplo o mar, atento a chegada dos monstros. A superfície quase plana deixa o barco flutuar com velocidade. Nesta noite os céus me darão um novo argumento de maus presságios. Pena haver poucos marujos despertos, pois é de repente que um raio parte ao meio o céu, não junto das nuvens que podem ser de chuva, mas do outro lado, onde as estrelas limpam de azul todo um pedaço do firmamento. Ali, bem ali, um risco de fogo se reflete no mar e depois desaparece. Agora certo da fatalidade de nosso destino, não preciso olhar para saber que os monstros já nos seguem.

O dia seguinte esquenta. Atordoados pelo calor, os homens se revoltam, suspiram perfídias, suam conspirações. Alguém propõe jogar Colombo no oceano, girar a nau e regressar ao porto de Palos, devolvendo aos reis Fernando e Isabel a amargura de um fracasso. Assim, estaríamos derrotados, porém vivos. A trama se espalha e o comandante nos reúne no convés. Convence-nos a esperar, acenando sedas e cravos, lembrando que nos aguardam safiras do Ceilão e rubis da Birmânia.

Os outros dias se enfileiram, cálidos, famintos. Avistamos algas, pássaros, baleias, mas a terra ainda e uma promessa não cumprida. As caravelas que nos acompanham vão mais a frente, esperançosas de enxergar antes o marrom dos rochedos, o amarelo das praias.

Adoeço e passo muito tempo no porão, junto da carga e dos ratos. Leio como Colombo as obras de Toscanelli e Ptolomeu, persigo os raciocínios desvairados que supõem ser possível sair da Europa para o ocidente e no final encontrar a ilha de Xipango e seu povo amarelo, de olhos pequenos e longos. Loucos todos eles: Cristóvão, Fernando, Isabel, Ptolomeu, Marco Polo. Quanto mais avançamos, mais certo fico de que nada há depois deste oceano, exceto água, água e água. Do porão, nas trevas da noite, penso ouvir o canto dos monstros subir em direção a lua. Tampo então os ouvidos e adormeço até a chegada da manhã.

Não receio somente os seres abjetos que nos vigiam das profundezas, olhando lá de baixo as quilhas dos barcos interromperem a luz do sol. Temo a fúria dos ciclopes, dos gigantes e minotauros. Temo a crueldade das bruxas, a maledicência de suas cinzas, as pragas lançadas das fogueiras sobre a cristandade. E bem sei que o mal, a pureza e a essência de todo ele, habita as paragens onde penetramos, esse mundo fora do mundo, inóspito até para os bárbaros e ímpios. Nas terras destes rumos, se terras há, dominam homens mutilados, sem olhos, narizes ou órgãos viris, gerando novas aberrações nas largas orelhas que trazem sobre os ombros. Aqui se espalham manadas de ovelhas que falam, flores que nascem dos olhos das mulheres, demônios que dividem o trabalho diário com crianças bastardas. Dizem os bárbaros do outro lado do Mediterrâneo que aqui o calor e tanto que no corpo o sangue borbulha e evapora. For isso a temperatura agora começa a me asfixiar, transforma em febre os jatos fortes que descem do sol.

Fraco pela enfermidade, escoro-me nas paredes e a todo momento subo para a proa, chego perto da amurada e faço as minhas necessidades. Depois demoro algum tempo vendo os marinheiros puxarem as velas, jogarem sondas para que o fundo do mar não nos derrube. Numa tarde, quando a febre já me deixa, Colombo para ao meu lado. Aponta o horizonte e debulha seus sonhos, compartilha confidências das certezas que o levam adiante. Diz que os tempos de cegueira estão mortos, que se iniciam os caminhos do conhecimento. Pergunta-me se a nossa viagem não significará o domínio definitivo da humanidade sobre o mundo. Larga-me ali sem resposta e volta à sua pequena cabine na popa, desaparece detrás de uma cortina com o astrolábio e os mapas, os instrumentos que lhe contam os segredos da natureza.

A conversa tranquiliza-me pouco. As semanas se dilatam, escorrem retidas, amarradas como as velas. Na tripulação, a impaciência outra vez cresce, todos exaustos de esperar. Certa noite Colombo está comigo novamente. Juntos vemos os monstros chegarem e se acercarem das embarcações. No cesto da gávea, o marujo nada parece notar, pois olha fixamente para diante, aguardando as silhuetas da terra. Mas eu e Colombo sabemos o que enxergamos lá no meio das ondas, apesar de nada dizermos um ao outro.

No dia seguinte, ele me neutraliza as informações, induz a tripulação a crer que eram troncos as manchas que avistamos, e oferece recompensas ao primeiro a ver a chegada das Índias, que certamente se aproximam cada vez mais. Contemplo os escaleres e penso em remar de volta ao reino de Castela, mas Palos está tão longe quanto minhas esperanças, e assim me contento em registrar nestes escritos o medo que me tortura. Compartilho meus anseios com alguém inexistente, tão distante e improvável como são agora as terras ibéricas.

Demoro a acreditar quando avisam da caravela *Pinta* que a terra está finalmente à vista. A ilha se aproxima devagar, praias brilhando em torno, florestas encrespando os morros. Içam as velas quadradas enquanto os barcos deslizam para dentro de uma enseada.

Insisto em descer no primeiro escaler, piso no chão da ilha logo depois de Cristóvão Colombo. Ali mesmo o abraço e me agrido, penitenciando-me das intrigas plantadas durante a viagem. Saímos em expedição pelas baías e serras. Da mais alta delas vasculhamos as redondezas, mas a cortina de névoa bloqueia as demais porções de terra que devem seguir-se à pequena ilha que chamamos San Salvador. Encontramos pequenos animais e nenhum ser humano. Aves, frutos, boa madeira, mas não há especiarias. Não é ainda Xi-

pango, Catai ou alguma das Ilhas Molucas. E assim precisamos prosseguir.

Mais uma vez festejo o triunfo da minha derrota. Assim vivo desde sempre. Espero o caos definitivo e me surpreendo ao encontrar a vida. Espero a concentração de todos os erros e perdas para me extasiar com o menor vestígio de sucesso. As alegrias são reles acasos de uma rota que segue inflexível para a tragédia. Por isso comemoro mais que o próprio Colombo o êxito de suas teorias. As Índias estão bem aqui em torno de nós. Rodeamos a Terra e agora ela é nossa escrava. A humanidade obteve mais um momento de luz em sua existência de trevas.

Dormimos alguns dias na ilha antes de voltar às embarcações. A nau em que navegamos manobra para deixar a enseada, as velas se tocam e se mexem, o leme guincha e se dobra. Colombo grita exaltado, os marujos arrastam cordas, penduram-se nas escadas, puxam madeirames. O barco se agita e se arrasta, mas não e ágil o bastante para se livrar das pedras. Um suave baque nos revela o encalhe. A nau *Santa Maria* não mais se moverá.

Baldeamos para as caravelas, espremidos quase cinquenta homens em cada barco. Ao fim da tarde começamos a navegar em direção ao ocidente.

O sol resplandece em crepúsculo, a neblina se desfaz no horizonte e a expedição avança. As grandes velas tremulam, as cruzes vermelhas pintadas no tecido parecem crescer antecipando a vitória do reino de Castela. Debruço-me na amurada, olho as ondas quebradas em nosso rastro. Conheço um instante de feliz abandono. Porém logo me angustio. Junto à madeira do leme vislumbro os animais que retomam a interminável vigília. Entre eles a água se move mais depressa e eu pressinto que corremos mais que o normal. Procuro o vento e as velas. Enfunadas, elas são mãos que puxam a caravela, e a sua pujança me relaxa. Mas a sensação é temporária, o medo regressa. E com ele a convicção de que não devo continuar.

Sem reflexões cuja racionalidade me deteria, procuro um dos escaleres e com dificuldade me lanço dentro dele ao mar. Antes, companheiros se interpõem, atacam-me para sustar o gesto aparentemente insano. Valendo-me de forças que não tenho, empurro e bato, uso o cabo de um machado, liberto-me de braços que tentam me aprisionar. No bote me esforço para substituir os outros remos, forço a corrente e me devolvo a ilha.

No caminho os animais me cercam. Enlaçam o escaler com caudas e dentes, mostram-me rostos humanos, puxam-me de volta a caravela. Valho-me do machado e os decepo, mas eles persistem e racham as tabuas da frágil embarcação. Remo em desespero sem saber se vou em frente ou me afasto da ilha que já não diviso.

Enfim chego à enseada. Nas pedras o barco me derruba. Nado tendo as costas o fantasma da nau *Santa Maria*. Um grande cesto de madeira e cordames, ela flutua vazia no ritmo das ondas, sobe e desce como a carcaça de um animal morto. Chego a praia mas não me recupero do cansaço. Corro entre a mata à procura da serra mais alta. Subo aos tropeções e paro no cume, um homem sozinho na ilha mais distante do mundo, olhando em volta em busca dos navios. Na penumbra depois do crepúsculo não distingo senão as silhuetas levadas pela corrente, manchas negras, pontilhadas de mastros, destacadas no brilho das águas que se movem velozes. Em volta os monstros já são muitos, enchem como um cardume toda a faixa do oceano depois da ilha.

Olho para além dos barcos e sinto o terror me furtar a visão. Em torno das caravelas as ondas se atropelam, criam rios que rolam adiante, toda a massa de água rumando para o horizonte. Ali, uma tira de espuma se eleva no ar, uma névoa que aparece e se destrói. E na superfície, logo depois de Cristóvão Colombo e sua frota, o mar inteiro se derrama no vazio, despeja-se na borda da Terra, desaparece no mergulho derradeiro, no destino final.

1500

Iriam para diante, alcançariam
uma terra desconhecida.
             (Graciliano Ramos, *Vidas Secas*)

1

Os barcos viajavam no mesmo território dos sonhos. Quando os remos fincavam as ondas, Krakatan sentia os ventos da imaginação carregá-lo das águas para novos e distantes campos de caça. Caminhando com os outros homens, as mãos firmes em torno dos arcos, os braços sustendo a haste das bordunas, ele rumava para as pirogas sobre a praia. Voltou-se ao ouvir uma folha de palmeira que se soltava do tronco, mergulhando com estrondo nas areias brancas. Afastou do nariz as pinças de um inseto, perto de onde as faixas de tinta ilustravam-lhe a face.

Um homem mais velho gritou ordens curtas aos companheiros, e, devagar, uma de cada vez, as embarcações transpuseram as primeiras ondas. Mantendo a força dos remos, Krakatan olhou as nuvens no céu de intenso azul: onças brancas galopando diante do sol, pássaros gigantes, espíritos distantes e serenos, todos pairando sobre os barcos em seu caminho para a guerra. Ele gostaria de reter essa paz, um sentimento oposto à tensão que sempre lhe ocupava o peito às vésperas da caça ou dos combates.

Tempos atrás, sonhos maus habitaram a taba, quando as malocas e o círculo da paliçada não contiveram a tribo inimiga. Krakatan, viajando numa expedição com outros homens, não viu a garoa das zarabatanas nem o dilúvio das flechas. Alguns de seus irmãos e amigos ergueram arcos para defender as crianças e mulheres, e ao final terminaram por se tornar escravos e prisioneiros. Era em memória deles, buscando a vingança dos cárceres e das mortes, que agora marchavam através do mar.

Ao final do recôncavo, os barcos seriam arrastados por cima das pedras para entrarem no grande rio. Dali avançariam muitos dias até chegarem à terra dos inimigos. Mas desta vez a jornada não terminaria, como no passado, nas terras dos habituais adversários. Da taba vizinha, seguiriam para muito mais longe, dispostos a enfrentar os pesadelos do mais velho e sábio membro da tribo. Certa manhã, o ancião acordara em prantos e correra para a praia deserta. Apontara o meio do mar e descrevera seus sonhos com grandes barcos, cheios de panos e toras como uma taba flutuante. Nas brumas do sono, contemplara os deuses brancos e seus navios estampados de cruzes destruírem quase toda a tribo e prenderem nas suas entranhas os sobreviventes escravizados, carregando para a imensidão do oceano até mesmo o canto dos pássaros e o verde que coloria as palmeiras e o tear dos cipós. Quando o ancião profetizou para a tribo a chegada de tão poderosos inimigos, os guerreiros confabularam e decidiram não esperar pelo infortúnio, mas partir em direção às ondas, dispostos a surpreender e enfrentar os monstros brancos que se avizinhavam com suas embarcações.

No fundo das pirogas, dormiam as armas. Além delas, os alimentos e os agasalhos que as mulheres ali deixaram, como extensão de seus braços a resguardar os homens da tribo. Grandes como as maiores árvores paridas da terra, aquelas eram as maiores canoas que os homens da tribo já haviam construído.

Jorros de água molhavam os cascos como pequenas tempestades. Faltava pouco para alcançarem a foz do rio quando a brisa agitou com força os cabelos de Krakatan. Inquietos, os homens desencontraram por um segundo o ritmo dos remos. E todos se perguntaram por que nesse dia, ao contrário de sempre, a aragem se tornava grande como a correnteza de um rio. De onde vinha esse vento? Quais espíritos afugentavam as nuvens e espicaçavam as ondas? Por que o sopro invisível já desunia os sete barcos, que agora ondulavam como parte das cristas se quebrando umas contra as outras? Inúteis as braçadas, o impacto dos remos se agarrando às águas.

Os barcos tornaram-se gravetos que o mar levou consigo no rumo oposto ao da terra. Também o rio revolto ajudou a empurrar os homens nas frágeis canoas. Dois deles despencaram pela borda dos barcos, mas um se agarrou na ponta do remo e colando-se às mãos que o resgatavam, conseguiu voltar ao interior do barco, embora num esforço inútil, pois a seguir a própria canoa se curvou diante das águas e o grupo inteiro naufragou.

Os homens na embarcação de Krakatan tentaram conservar a embarcação num prumo impossível. Por fim, quando o vento arrefeceu, eles pairaram na momentânea lagoa que surgiu. Correndo os olhos por todos os lados, foram capazes de ver apenas o plano trêmulo do mar. As praias e as florestas tinham esmaecido como as miragens dos longos dias quentes.

Porém, aos poucos, distinguiram as outras canoas, com exceção daquela que afundara na guerra contra os ventos. Krakatan limpou o rosto molhado, secou dos lábios os grânulos úmidos de sal. E sentiu que, de alguma forma, ainda percorriam o território dos sonhos. Só que daqueles mais escuros, entalhados por feras e povos canibais, aos quais se chamam pesadelos.

Ilhado pelo mar, o barco derivava. Cansados, os homens recolhiam os remos, curvavam-se sobre os próprios braços para adormecer. Antes do horizonte, viam às vezes, no vácuo de uma onda, alguma das outras canoas, igualmente indefesas no vaivém das águas. No entorno, nada parecia indicar qual rumo seguir. Havia as estrelas, mas, deslocadas pela ausência do chão, pareciam objetos estranhos, meros fantasmas de luz colocados no céu por algum espírito jocoso. Remariam assim que o sono lhes devolvesse as forças, porém Krakatan não sabia se conseguiriam ao menos alcançar os outros barcos.

A noite se adensou, e o mar converteu-se apenas em som, o clarão da lua criando uma borda de luz em volta do barco, e depois um rastro que se crispava até o horizonte. Com as trevas, chegaram as brisas geladas, e os homens se enrolaram na tênue proteção dos panos. Krakatan resistiu ao sono, pensando se devia vigiar a passagem da noite, mas terminou por sucumbir à força que lhe pressionava os cílios. Ao amanhecer, comeu alguns frutos, e, à sua voz, os outros homens despertaram.

Mas ele por fim percebeu que o movimento dos remos pouco influía no trajeto das canoas. Era o próprio mar, este ser longo e impalpável, que os levava em seu colo para onde bem entendia. Lá atrás, ficavam a voz das mulheres, o choro das crianças, a fuga dos animais. Até mesmo o grito dos inimigos. Lembrou-se do corpo da mulher distante e do rosto do filho criança. E sua garganta se contraiu amargurada, quando ele se perguntou quem protegeria o resto de sua tribo.

Os dias e noites passaram em fila, tecidos apenas de espumas e trovões, todos amorfamente iguais. A comida se esgotou e as vasilhas de água foram guardadas para um futuro imprevisível. Certa manhã, um grande peixe circundou a canoa e um gesto reflexo fez Krakatan cravar-lhe a ponta da lança. Alimentaram-se mais alguns dias e, assim, o tempo avançou lentamente, cheio de torpor e vazio. Enquanto isso, o mar os carregava sempre para o leste, como se um rio corresse por baixo da curvatura da canoa.

Krakatan não temia a morte, apenas uma ponte de juncos mostrando o caminho para outros campos de caça, mas ansiava por instinto a preservação da vida. Assim, quando o primeiro homem morreu, ceifado por sede, frio ou fome, ele sentiu rondar-lhe as garras do pânico. Largaram o corpo no embalo das ondas e este se perdeu como antes o fizeram os outros barcos do grupamento. Não puderam guardá-lo sob a terra, sentado pela última vez, com o desvelo e o alimento de que os mortos careciam, pois, se assim não acontecesse, seus espíritos se transformariam em estampadas onças que mais tarde assolariam a tribo. Krakatan preocupou-se com a possibilidade, embora logo refletisse que talvez não houvesse mais uma tribo para ser atacada, e a onça fantasma pairaria na mata sem destino nem motivos, um ente perdido como eles mesmos estavam no pequeno mundo da canoa.

Nos dias seguintes, novos homens morreram — as peles gretadas e as gengivas em sangue —

45

e, tal qual o primeiro, foram deixados no enlevo das marés. Um dos companheiros de Krakatan descobriu como fisgar os peixes mais lerdos que vagavam junto à superfície. Comeram-nos crus, acompanhados pelo resto da água que ia se apagando das vasilhas.

Em algum dia despertaram diante de uma rede. Alguma aranha viscosa espalhara rastros de plantas, cordões de algas entrelaçados, num manto que se estendia até o horizonte. Krakatan pressionou as águas com o remo, mas na verdade foi o acaso, liquefeito, quem conduziu a canoa através do labirinto de sargaços até que o mar novamente se fez límpido e azul.

Em outra ocasião, uma saliência se destacou mais ao longe, e Krakatan, pensando se tratar de outra canoa, ergueu o braço e gritou para atrair seus ocupantes. Ao se aproximar, o vulto cresceu mais que um pequeno barco, e, num pulo imprevisto, revelou o corpo de bicho. Atrás dele, vieram novas baleias, que rodearam o grupo de Krakatan, perfurando o mar com o peso dos saltos, e depois ignoraram todos para seguir o mesmo rumo que haviam trilhado seus milhares de antepassados.

Krakatan, mesmo desvalido, descobria certo aconchego no cenário líquido que o circundava. O embalo das águas, a fluidez dos jatos que se erguiam a todo instante. Talvez, o mesmo elo que puxava as baleias pelo oceano como se uma corrente as unisse entre si e todas elas ao princípio e ao fim de suas longas jornadas.

A sensação animou Krakatan, e até ele se surpreendeu quando o remo surgiu outra vez em suas mãos e, num ato solitário, ele tentou puxar adiante a velha canoa. Nascida de troncos ancestrais, curtida pela ciência de muitas gerações, e enfim capaz de suportar o peso do oceano que se levantava sob seu ventre. Velha e boa canoa. Em condições de carregar meia dúzia de homens valentes através dos dias e semanas, ao longo daquele oceano que, num futuro, outros homens denominariam Atlântico. Mas pequena para conter todo alimento e toda a água necessárias para tantas noites e tantas manhãs de sede e fome. Velha e boa canoa, pensava Krakatan, que deixaremos em breve para atravessar as tendas da morte e invadirmos uma nova terra.

Krakatan não soube se eram sonho as águas que lhe lavaram o rosto por toda a noite. Achou que mergulhava nas profundezas do mar, carregado pelos espíritos para a úmida escuridão. A canoa enfim cedera aos balanços e deixara o oceano entrar em suas entranhas. A impressão de naufrágio se prolongou pelo resto da noite até que seus olhos se abriram molhados pela chuva.

Poupados, pelo destino, das tempestades que regurgitam o mar, os homens navegavam sob o malho de uma garoa mansa e perene. Com as vasilhas agora cheias de água potável, eles despertaram mais uma vez para a vida. Krakatan, aliviado, cantou para os bons espíritos que os protegiam.

Os demais companheiros o seguiram num tom mais baixo de voz, mas que aos poucos foi crescendo e se incorporou, como uma nota dissonante, ao barulho do vento e das ondas.

Nos próximos dias, resistiram mais esperançosos e aguardaram que o acaso os levasse de volta para casa. Alimentavam-se dos peixes que surgiam ao lado da canoa, presenteados por algum deus bondoso e desconhecido. Já não sabiam para que direção navegavam, ou mesmo se seguiam para algum lugar. Parecia-lhes terem sido largados num limbo. Não era nem mesmo como os índios prisioneiros dos outros povos que viviam em terras próximas à sua aldeia, sempre tratados com a deferência de hóspedes, atendidos com a melhor comida e mesmo com o corpo das mulheres da tribo, à espera do dia em que antigos rituais os converteriam em comida. Aqueles infelizes pelo menos tinham nos últimos dias a reprodução das velhas rotinas de sua vida. Quanto à tripulação da canoa, convivia somente com a inércia e o marasmo, prisioneira de um ser imenso e intocável.

Krakatan às vezes se levantava com cuidado e batia o remo nas águas durante longo tempo. Deitava-se no fundo da grande piroga e movia as pernas no ar. Assim espantava as cãibras que lhe queimavam os músculos. Num desses momentos, um dos homens gritou à sua frente. Pondo-se de pé, pareceu que imitava as flexões de Krakatan, mas, passando por cima da diminuta amurada, saltou ao encontro das águas e afundou mais pesadamente que o corpo das baleias.

Enfim, quando Krakatan não mais sabia diferir uma tarde da manhã, retalhos de plantas flutuaram junto à canoa. Um bando de pássaros pincelou traços diante da esfera do sol. E o vento trouxe o perfume das matas e do barro ressequido.

Despertado pelo som de um galho batendo na base do barco, Krakatan olhou para frente e confundiu-se com a ilusão de vislumbrar um relevo próximo ao horizonte. Gritou para os companheiros remarem, mas quase todos, entorpecidos, não ouviam mais os sons que vinham de fora de suas mentes. Krakatan então remou sozinho tentando alcançar o traço longínquo.

Pouco depois, um novo vulto se destacou vindo da terra. Krakatan se levantou e acompanhou, apenas levemente curioso, o objeto passar à distância, concentrado somente em seu próprio caminho. Poderia ser uma grande baleia. Mas era toda feita de madeira e carregava no dorso enormes tecidos, cortados em retângulo, que o vento enfunava e encolhia. E sobre ela havia homens, muitos homens, todos eles olhando intrigados os outros homens desnudos que iam passando, devagar, na pequena e frágil canoa.

2

As cimitarras povoavam os sonhos de Dom Fernando. Turbantes e camelos se arrastavam pelas areias da noite para abrir-lhe os olhos dilatados. Pouco adiantavam as imagens fluidas de mulheres no invólucro de véus. Eram os homens de face talhada pelo sol, devotos de um deus incógnito e pagão, quem lhe preenchiam os pensamentos no curso dos longos dias a bordo dos navios ou na pequena vila na beira da Península Ibérica.

Os fantasmas mouros o atormentavam desde a infância, a mãe louca sempre reconstruindo a morte do pai, salgado no mar depois de conhecer a lâmina que sangrava os infiéis nas corcovas da África. Infiéis para eles, decerto, pois todas as crenças o são mutuamente. Ano após ano, Dom Fernando acalentou os planos de lapidar aquele continente, extraindo dali como um dente supurado a presença dos mouros. Foi para isso que crescera e navegara. Um mero instrumento para vingar o pai.

Naquela virada de século, sua nau costeava a África para se lançar de volta a Portugal. Quando partira na expedição para os entrepostos africanos, Dom Fernando tinha a intenção de evadir-se junto de um bando de homens e campear continente afora, armas a postos, limpando o mundo daquele povo conluiado com o mal. No trajeto, claro, os saques lhe encheriam os bolsos para um futuro de regalo no regresso à Europa. No entanto, as coisas não correram como planejado, e, depois de perder mais de meia esquadra para os ventos e vagalhões, decidira fazer meia volta e regressar para a segurança do Rio Tejo.

Dom Fernando subira para a sua cabina e se fechara a sós, depois de contemplar a vigia que mostrava o céu subindo e descendo no balanço da embarcação. Pensando em termos gerais, não chegava a ser grande negócio capitanear um grande navio. Seu salário nem mesmo alcançava o dos verdadeiros donos dos destinos da embarcação: o mestre e o piloto. Entretanto, ainda que não fosse o mais bem remunerado, um capitão era o único deus encarnado sobre o madeirame da nau. Sua vontade ali definia a vida e a morte para cada um dos tripulantes. E Dom Fernando exercia esse poder num desvario de fúria. Não contava com a confiança de um homem sequer, mas todos eles, do grumete ao piloto, sucumbiam as próprias vontades à sua inflexível determinação.

Dom Fernando abriu o armário e retirou de lá os seus únicos companheiros. Também eles infiéis, uma vez que desapareciam com frequência nos desvãos do barco. Perdiam-se entre as tábuas e a carga, disseminando doenças entre os mais fracos e infelizes. Mas nem isso perturbava Dom Fernando. O sextante da vida indicava dois únicos rumos ao seu caminho: a riqueza e a vingança.

Ele pegou a caixa de madeira e a depositou, com cautela, sobre a mesa de trabalho. No fundo, a cama desarrumada, o urinol folheado a ouro, os copos e a garrafa de rum. A portinhola da caixa erguida, uma dúzia de ratos correu sobre a mesa. Aproximaram-se, suspeitosos, do pedaço de queijo colocado num canto por Dom Fernando. Fartaram-se enquanto ele buscava o rum e bebia um copo num único gole. Compartilhavam, assim, um rápido festim. O único vivenciado por Dom Fernando, que somente abria outra exceção ao sentar-se à mesa com os asseclas do rei, os mesmos que lhe concederam o rápido acesso ao comando de um navio.

Os ratos ainda beliscavam o queijo quando o imediato bateu à porta e o chamou com urgência. Mal-humorado, levantou-se para ver o que acontecia. O homem tinha um estranho ar festivo. Mas, eufórico demais para falar, apenas convidou Dom Fernando para acompanhá-lo até o convés.

Dom Fernando pegou um dos ratinhos e o levou entre os dedos. Caminhou irritado até a amurada, onde se amontoava um bando barulhento de tripulantes. O imediato que o chamara apontou para o mar, sem conter a excitação. Na direção de seu dedo, um pequeno barco flutuava. Era quase um tronco solto na volúpia das águas. Mas, contrário ao esperado, cortava as ondas como um peixe e avançava no rumo do continente europeu.

— Mouros! — foi o primeiro comentário, entredentes, de Dom Fernando.

— Os mouros usam roupas vistosas — ponderou, cauteloso, o Imediato. As palavras vieram contidas, quase sussurradas, tal o receio de contrariar o capitão. Pois por muito menos ele já vira homens sendo lançados no oceano. Complementou devagar, numa voz quase inaudível: — Esses aí estão completamente nus.

— São vermelhos como os mouros — o capitão insistiu. — Atenção, canhoneiro!

O imediato vacilou, mas terminou por repetir aos brados a ordem do capitão.

— Canhões, a postos!

Houve uma agitação imprevista e logo meia dúzia de homens se posicionou junto aos cilindros de ferro. Dentro deles, enormes bolas maciças aguardaram o disparo.

— Um canhão somente — Dom Fernando continuou a falar. — Quem errar um disparo desses, merece ficar do outro lado do canhão.

— Atenção, primeiro canhão de estibordo! — o imediato gritou, já escondendo qualquer dúvida.

— Atirar — o capitão murmurou.

— Senhor? — O imediato simulou não ouvir o que Dom Fernando dissera, mas esperava que sua hesitação desse tempo para o capitão reconsiderar a estranha ordem.

— Fogo! — o próprio capitão gritou para o canhoneiro.

Um trovão nasceu de dentro da nau e cortou o céu como um arco íris sonoro, sem cores nem luzes, apenas um arco degenerado e desprovido de beleza. No fim do trajeto, a pequena canoa aguardava o inimaginável, pois nenhum daqueles seres desnudos poderia supor o que aconteceria em seguida.

A bala chocou-se com a água vários metros à esquerda da canoa, mas o mar se agitou ao longo de um grande círculo, e a embarcação se curvou sobre si mesma, rolando por cima das águas, como se voltasse novamente a ser decepada de sua raiz. Os homens caíram no vazio. O dia se tornou líquido, pesado, dolorido. O dia se transformou em noite.

3

Todos a bordo esperavam que o próprio capitão Dom Fernando açoitasse os sobreviventes extraídos do mar. Os soldados mais habituados aos seus modos truculentos apressaram-se em preparar um dos mastros para as sessões de castigo que anteviam. Alguns marujos apostavam se os prisioneiros seriam enforcados ou atirados aos tubarões. Nada disso aconteceu. Poupado, em sua rápida estadia na África, do encontro com os tão temidos mouros, Dom Fernando agora evitava ver-se face a face com aqueles homens aos quais ele atribuía origens bizantinas.

Assim, tão logo os dois únicos homens salvos das águas subiram a bordo da nau, Dom Fernando se trancou com os ratos na cabina, preferindo chamar os imediatos para dar-lhes as ordens que os levaria de volta a Portugal. Nem mesmo fez alguma pergunta sobre os sobreviventes, e, quando algum marinheiro se antecipava dando-lhe notícia de que os dois mouros estavam presos no porão de carga, ele tamborilava os dedos sobre o tampo da mesa, espantando os ratos e silenciando o tripulante.

Com o tempo, os soldados da expedição, certos de que os tais homens não eram mouros e sim egressos de algum lugar distante e desconhecido, afrouxaram a rigidez do cativeiro. Deixaram que circulassem pelo convés e mesmo que comessem junto com a tripulação. Algumas vezes forçaram-nos a se encharcarem de rum, divertindo-se com a alegria trôpega dos dois selvagens.

Foi assim que, ao avistarem a costa portuguesa, Krakatan e seu companheiro olhavam as nuvens junto à amurada do navio. Ouviram, sem nada compreender e em cauteloso silêncio, os gritos de terra descerem do cesto da gávea e a euforia percorrer como um raio todos os homens a bordo. Viram a muralha das rochas crescer num avanço lento contra o listrado das ondas que escorria para a praia.

Pela primeira vez, Dom Fernando deixou a cabina durante o dia, ansioso por vislumbrar a chegada da terra. No caminho, percebeu os náufragos. Dividiu-se entre ignorá-los ou se aproximar para, enfim, dar vazão ao rancor ancestral que cultivava.

Krakatan e o companheiro não o viram pisar no convés. Estavam concentrados na terra que se avizinhava, e, quando sentiram o aroma das árvores entrelaçando-se com as rajadas de vento, subiram nos pilares da balaustrada e saltaram dentro do mar.

Dom Fernando, surpreso, hesitou um pouco antes de bradar:

— Os prisioneiros! Homem ao mar!

De qualquer forma, foi a última vez que Dom Fernando viu Krakatan ou qualquer outro membro de sua raça. Um mês depois do desembarque no Rio Tejo, ele encerrou sua rápida existência, vitimado por ondas remanescentes da peste, e tendo como companheiros somente os diletos ratos.

4

Foi no mar que a Terra verteu sua primeira saliva, sua primeira gota de sangue. Através das ondas revoltas, o mundo se fez líquido num passado primevo. E, nesse manto ancestral, Krakatan sentiu-se o todo e sentiu-se o nada. Num instante, seu corpo subiu. No outro, mergulhou. Num, viu camadas intermináveis de água. Noutro, absorveu-lhe o fosso da inconsciência.

Por fim, tudo serenou. Excretado pelo mar, ele quedou, em formato de cruz, sobre a praia pedregosa. Em volta, árvores desconhecidas e rochas, infinitos paredões limitando o avanço do mar. Era uma outra vida, um mundo futuro do qual ele nada sabia e onde entrara levado pelos fluxos das correntes e da boa sorte.

*

Os músculos levaram horas para despertar sob o sol. A pele queimada dos muitos dias à deriva, os lábios gretados pela quase inanição, o rosto coalhado pela sede. Os olhos lutaram para se manter abertos enquanto ele conduzia o corpo exaurido, em lento arrasto, até a sombra de uma grande pedra. Ali, o frescor e as horas da noite que se seguiu cuidaram de refazer aos poucos o corpo rijo e selvagem, devolvendo-lhe a mesma cor que tinha do outro lado do imenso Mar Oceano.

Na manhã seguinte, um barulho nas plantas o afugentou mais para dentro do amontoado de pedras. Do outro homem caminhando na praia, percebeu somente a sombra que deslizava como um pássaro em vôo raso. Contido o susto inicial, terminou por deixar o esconderijo e se mostrar por inteiro. Alegrou-se ao reconhecer o seu companheiro. Trazia hematomas colorindo os braços como novos adereços de tinta, cortes na pele transformando-se em largas cicatrizes. Pararam afastados e riram para si mesmos, em voz alta, num som que lembrava as gaivotas e albatrozes.

Foram os pássaros, aliás, o seu primeiro alimento naquela nova terra. Depois deles, as lebres e os pequenos mamíferos que se acobertavam na mata rala ao lado da praia. Dias mais tarde, decidiram penetrar mais fundo na terra firme. Circularam num bosque e fixaram-se na pequena gruta que perfurava a base de uma serra. Menos de uma semana depois, com temor e excitação, ouviram a treliça que o som de passos tecia ao longo do bosque.

Rastrearam o burburinho entre os nichos de mata e pedras e terminaram parando numa estreita vereda que descia, gradualmente, para o que parecia ser um vale. Lá embaixo, nada viram de início, até que, na distância um ponto cresceu e se tornou um objeto estranho puxado por animais ainda mais estranhos. Imobilizados pela surpresa, Krakatan e o companheiro esperaram a carruagem e os cavalos se aproximarem, até que o condutor a estacionou alguns metros adiante.

O cocheiro susteve as rédeas, sentado no alto da boléia. Aturdido pela visão dos dois homens pintados e nus, não se moveu até que a porta da carruagem se abriu e outro homem, de trajes rendados, desceu para a trilha. Ainda sem compreender o que acontecia, ele permitiu que a mulher ao seu lado também descesse.

— Demônios? — ela perguntou timidamente.

Krakatan e o companheiro não se moveram, como se hipnotizados pelo contato com seres tão distintos de tudo que já haviam visto em suas vidas. Podiam ser membros de alguma tribo desconhecida. Mas tudo neles remetia a deuses perdidos num mundo esquecido. E, diante de entes superiores, era preferível conter as iniciativas e esperar que aqueles tomassem a dianteira da aproximação.

Apagaram-se, na mente dos dois companheiros, os objetivos da longa jornada na qual tinham ingressado, conduzidos pela sorte e pelo destino, até chegarem àquele distante continente. Depois de tantas provações, não sobrevivera a lembrança dos pesadelos que atormentaram o ancião tribo, da busca dos grandes navios com seus mastros e velas. Transitavam não pelo mundo dos ameaçadores atacantes, mas por um cenário de sonhos, muito mais estranho que todos os pesadelos.

O homem de trajes rendados, por sua vez, encarou o condutor como se cobrasse alguma atitude diante da situação.

— Saiam da estrada — o cocheiro gritou, apanhando o mosquete sob o banco.

Diante da corneta na ponta da arma, os dois companheiros tornaram-se alvos imóveis. O homem de trajes rendados mandou a mulher voltar para a carruagem e chegou mais perto do condutor, buscando a proteção do mosquete.

— Saiam ou vamos atirar — ele advertiu.

Krakatan ousou dar um passo adiante, supondo que o gesto romperia os laços da mútua incompreensão. O condutor atirou e o estrondo ecoou no vale como a miniatura de outra recente explosão gravada na memória de Krakatan. Jorros de água subindo, gritos de pânico, um barco virando no meio do mar. Krakatan empurrou o amigo para que corressem. Aqueles deuses eram maus como os trovões. Buscavam, decerto, destruir o corpo e a alma dos dois amigos, que enveredaram rápido pela mata, velozes graças à intimidade com os estreitos meandros das florestas fechadas de sua terra. Correram até desabarem exaustos no chão úmido, já distantes dos estrondos que se seguiram ao primeiro tiro.

Perderam naquele dia o rumo da gruta. Confusas numa nova disposição, como conchas que se movessem sobre a praia, as estrelas foram de pouca utilidade para que se orientassem. Voltaram a dormir no relento, agradecendo às chuvas por se manterem afastadas. Certo dia, acordaram com várias pessoas ao redor. Um homem gordo e corpulento apalpava-lhes o rosto. Ao primeiro toque, Krakatan despertou e reagiu, com golpes de braço, derrubando três dos que o cercavam, mas terminou por ser dominado. O gordo passou os dedos na tinta sobre o rosto de Krakatan.

— Quem são vocês? Bobos da corte?

Os demais agressores riram em voz alta, silenciando o canto dos pássaros.

Um rapaz baixo e atarracado, pouco maior que uma criança, deu dois passos e chutou a perna de Krakatan:

— Fale alguma coisa, desgraçado!

Não porque compreendesse, mas, exaltado pelo ataque, Krakatan bradou que os deuses, se é que eram deuses, parassem de agredi-lo. Embora tivesse agora a certeza de que caíra num mundo diferente, pois o rodeavam seres que pareciam gerados nos relevos das peças de barro e das pedras sacrificais. Um velho de quatro braços, dois deles inertes como os tentáculos de uma lula morta. Um jovem grande como as árvores da mata. E, além de tudo, uma bela mulher levando no rosto não o desenho das tintas, mas a camada espessa dos pelos de uma barba.

— De onde eles são? — o velho perguntou ao gordo.

— De algum lugar tão longe que não faço a idéia de onde fica. — Uma idéia então percorreu os olhos do gordo. — Selvagens vindo da Índia... Quem sabe?

— O que você vai fazer com eles?

— Se não sei ao certo de onde eles vêm — o homem gordo comentou —, pelo menos sei para onde vão. Coloquem os dois de pé!

O gordo passou a mão, quase carinhosamente, pelo rosto de Krakatan, e depois sorriu.

— Bem-vindos ao circo, rapazes. Vocês vão acabar gostando de mim. Vocês vão acabar gostando de Strombolli.

O grupo seguiu, então, através da mata até chegarem a uma larga estrada. Ali, embarcaram em muitas carroças, em meio ao burburinho dos cães e, depois, seguiram adiante até que os pássaros puderam de novo fazer ouvir o seu trinado suave, lento, infeliz.

5

A fonte se espelhou nos olhos azuis de Pedro Álvares Cabral. Como pedaços de mar fixados no caleidoscópio das íris. Lembranças de um oceano que ele ainda veria. Sem maiores calejos das ondas, indo pouco além dos trinta anos, recebera de Sua Majestade a missão de levar treze barcos até a longura das Índias.

Deixando para trás as fontes e os jardins, parou antes da porta e cedeu a passagem ao Rei Dom Manoel. Caminhavam há muitos minutos, enquanto o monarca lhe esmiuçava as instruções sobre a região rebelde onde deveria fincar as bases de Portugal, impondo o luso domínio ao aroma dos cravos e das especiarias. Depois do longo corredor, afastaram-se dos pajens e dos lacaios para entrar num grande salão, no centro do qual havia uma pequena mesa e três cadeiras.

Cabral supunha que chegava o momento de se despedir, mas o protocolo legava ao rei o privilégio de dispensá-lo. Ao invés disso, este o convidou a se assentar numa das cadeiras. Diante deles, havia um tabuleiro e as peças, trabalhadas em pedra, com as figuras de um jogo de xadrez.

Cabral não tinha a menor disposição para jogar. Perturbavam-no os preparativos para a viagem, o desafio de lançar-se num empreendimento muito maior que tudo que já fizera. Sozinho em casa, diante da lâmina dos espelhos, perguntava a si mesmo se era o homem adequado para essa aventura. Chegara ao posto graças aos laços de família e, sobretudo, a um casamento conveniente. Sabia-se hábil para muitas coisas, incluindo-se aquelas afeitas ao mar, porém daí a assumir o comando de mil e quinhentas almas abria-se uma insondável distância.

Assim, preferia nesse instante evadir-se do castelo e seguir para o rio Tejo, assumindo a supervisão de cada detalhe. Depois que zarpassem, sua vida e seu futuro dependeriam do êxito daquelas treze naus e caravelas. No entanto, os caprichos do rei eram sempre supremos, e Cabral fez uma mesura para que Dom Manoel iniciasse a partida.

O rei correu uma peça para a casa seguinte.

— O jogo pouco importa. Ao menos este jogo.

Cabral analisou os possíveis movimentos que poderia fazer.

— Não compreendi, Majestade.

Dom Manoel abaixou-se para pegar um sinete sob a mesa, e o fez soar.

— Há um outro jogo, Dom Pedro Álvares. E haverá um terceiro jogador nesta sala.

— Mas o xadrez se joga apenas com dois — Cabral objetou respeitosamente.

— Estás enganado, Dom Pedro Álvares. Nenhum jogo tem apenas um ou dois jogadores. Eles sempre são muitos, e a maioria deles nem chegamos a ver.

Nesse instante, a porta se abriu e um homem entrou no salão. Curvou-se diante do rei, que permaneceu imóvel em seu lugar. Cabral, por sua vez, levantou-se para cumprimentar o recém-chegado. Não escondeu uma certa surpresa por encontrar ali um dos mais respeitados navegadores e cosmógrafos da corte portuguesa. Quando Portugal enfrentara a Espanha, temendo que o reino de Castela absorvesse sozinho o mundo inteiro, fora aquele homem um dos principais artífices do Tratado de Tordesilhas, que fatiou o mundo como se fosse uma maçã, dividindo-o entre a cobiça dos dois poderosos países.

Cabral temeu, por instantes, perder o seu lugar no comando da frota para Duarte Pacheco, e, ansioso, aguardou os passos seguintes daquele jogo que a majestade anunciara.

— Sentai-vos, Dom Duarte Pacheco! — ordenou o rei.

Cabral moveu uma peça. O rei, por sua vez, levantou o cavalo e o deixou tombado no meio do tabuleiro, indicando que o jogo estava suspenso.

— Dom Duarte tem algo a contar-vos, Dom Pedro Álvares.

O recém-chegado retirou o tabuleiro da mesa e sobre ele apôs um grande mapa. Entre as linhas paralelas e as cores baças, distinguia-se o traçado das costas européias e africanas curvando-se até o pincaro bojudo das Índias. Em frente, o vazio desolado do Mar Oceano e, muito além, a sombra das terras descobertas anos antes pelos espanhóis graças aos devaneios de Cristóvão Colombo.

Antes que Duarte Pacheco começasse, o rei tornou a falar:

— Temos sido alijados. Ano após ano, a glória de Portugal tem sido roubada pelos espanhóis. Chegaram primeiro ao outro lado do mundo. Seduziram o Papa e surgiu aquele infeliz Tratado, que deixou quase tudo nas mãos do Reino de Castela. Naturalmente, ainda que não tão bom para Portugal, foi melhor existir o Tratado de Tordesilhas do que nenhum Tratado. Mas nossa vez agora vai chegar, Dom Pedro Álvares Cabral. E estará em vossas mãos.

Cabral relaxou com a última frase do rei, mas conteve os músculos para que não transparecesse o início de tensão que o dominava.

— Sou um servo de vossas ordens, Majestade.

— Vós as tereis, Dom Pedro Álvares. Vós as tereis. Dom Duarte, prossegui!

Duarte Pacheco correu o indicador, como uma pequena caravela, por cima do mapa aberto.

— Há dois anos eu fiz uma pequena viagem, Dom Pedro. Exceto o mestre e o piloto, talvez ninguém mais na tripulação tenha compreendido onde estivemos. — Duarte Pacheco se levantou e caminhou pela sala, enquanto continuava a falar: — Fomos ao outro lado do Mar Oceano, mais ao sul que os espanhóis, e lá também havia terra. Muita terra. Com grandes matas e rios. Um rio tão grande quanto um lago, com ondas titânicas em sua foz. E florestas tão fechadas que as árvores pareciam se cruzar como num tear. E havia também gente. Muita gente. Pardos e nus como vieram ao mundo. Selvagens à espera da nossa civilização.

Duarte Pacheco parou ao lado de Cabral e fitou-lhe os olhos azuis. Recolheu o mapa e o encaixou, enrolado, sob as axilas.

— Mas o lugar onde estive não pode ser nosso, pois a maldita linha do Tratado passa mais ao leste. Porém, quando buscarmos terras mais ao sul, e elas com certeza estão lá, poderemos fincar a bandeira da Coroa Portuguesa.

— Dom Pedro Álvares não seguirá diretamente para as Índias — acrescentou Dom Manoel. — Antes, rumará para o sudoeste até chegar às novas terras.

O rei se levantou e deu alguns passos na direção da mesa que se apoiava, discretamente, no canto de uma parede. Somente então Cabral notou o volume de papéis que a cobria.

— Lede estes documentos — o rei ordenou. — São as orientações de navegação preparadas por Dom Duarte Pacheco, e há também uma carta de Vasco da Gama para vós, Dom Pedro Álvares.

— A propósito, Majestade — disse Duarte Pacheco —, tive notícia de uma companhia de mambembes que anda pela península levando, entre outras curiosidades, dois selvagens que, pela descrição, muito me lembram aqueles que vi no outro lado do Mar Oceano.

— Como vieram parar aqui?

— Não sei, Majestade. Mas penso que seria bom retirá-los daquele grupo, descobrir se vieram das nossas futuras novas terras, e principalmente quem os trouxe para cá, se navegantes espanhóis ou quiçá ingleses. E, ao mesmo tempo, precisamos apressar ao máximo a partida de nossa expedição.

— Assim faremos, Dom Duarte — comentou o rei, num tom que a Cabral soou como uma ordem.

Dito isto, dirigiu-se até uma grande balança dourada sobre outra mesa de canto. Da gaveta logo abaixo, retirou um pequeno saco de pano. Desamarrando o cordão que o vedava, estendeu a abertura até as narinas de Cabral, que aspirou longamente o perfume de canela.

— Nada existe de maior valor que este cheiro, majestade — comentou Cabral, afastando o rosto.

Dom Manoel fechou novamente o saco e o colocou num dos pratos da balança, que se desequilibrou para um dos lados. Depois retirou da gaveta um novo saco, desta vez cheio de pepitas de ouro. Rodou o metal entre os dedos, deixando que Cabral e Duarte Pacheco o admirassem. Em seguida, colocou o saco de ouro ao lado do que embalava as lascas de canela. A balança pendeu definitivamente para a direita.

— Às vezes — disse o rei como se conversasse consigo mesmo — pensamos que as coisas são como parecem ser. Deve ter sido isso que o Reino de Castela sentiu ao assinar Tordesilhas. E que continua sentido, mesmo ainda hoje, ao julgar que será o único dono das novas terras, enquanto nós, os portugueses, contentamo-nos com um punhado de mar salgado. Mas eles irão se surpreender, Capitão Dom Pedro Álvares. E eu confio em vosso talento para que isso aconteça.

Num gesto súbito, ergueu uma das mãos e a pousou sobre o prato vazio, fazendo a balança se mexer e tombar agora para o outro lado. O prato com o ouro e as especiarias pairou no alto como se repleto de penas e de ar.

Voltou à mesa e reordenou as peças do xadrez, recolocando-as em suas posições iniciais.

— Capitão, vós tendes muito trabalho a fazer. Dom Duarte me acompanhará na próxima partida.

Enquanto Cabral se curvava e, a seguir, se dirigia para a porta de saída, Dom Manoel empurrou de leve uma peça.

— Xeque, Dom Duarte. E pouco importa que o jogo esteja apenas começando.

6

A romaria do circo pelos vilarejos levava atores e acrobatas, além de homens e mulheres deformados, cuja infelicidade servia de deleite para o público eufórico. E, entre as grades de uma carroça, dois homens como animais, despidos e estranhos. Após algumas semanas de viagem, eles puderam deixar a jaula tão logo os captores souberam que não fugiriam. Entretanto, dia após dia, eram colocados diante dos curiosos como seres extraviados da desconhecida Terra Ignota, o mundo perdido nos confins ao sul do Mundo, muito abaixo de toda a razão e conhecimento. Abatidos e subjugados, eles não demonstravam resistência quando alguém vinha ceifar-lhes a barba ou aparar-lhes os cabelos. Desistiram de se comunicar quando constataram a inutilidade das tentativas.

Ninguém sabia de onde realmente vinham, nem o que significavam suas vidas, seus modos e seu passado. Eram apenas homens exóticos, capturados sem rumo num bosque lusitano. Durante meses, viram a existência se enclausurar em viagens incompreendidas através de uma região que nunca lhes fora familiar. Optaram por não conversar nem mesmo entre si diante de estranhos. Apenas à noite, quando as corujas pontuavam as horas, trocavam impressões sobre os dias de limbo pelos quais passavam. Sabiam já que não transitavam entre deuses, pois muitos deles naquele intercurso tombaram doentes ou mesmo mortos. Restava, porém, a ignorância absoluta sobre onde estavam e, principalmente, como dali poderiam partir. Mesmo não andando acorrentados, ainda dormiam na carroça de grades, e, durante o dia, eram vigiados todo o tempo por brutamontes armados de bestas e facões.

Certo dia, a apresentação do circo numa vila de agricultores foi interrompida pela chegada de soldados. Homens armados, portando as insígnias do rei de Portugal, atravessaram a vila e procuraram o dono do circo. O balofo Strombolli tentou regatear a entrega dos dois selvagens, mas o convencimento das armas o dissuadiu.

Krakatan, sentado numa pedra, viu à distância o grupamento se aproximar. Num raio de intuição, deduziu que aqueles homens de uniforme, andando em forma como um exército em vias de ataque, vinham buscá-los para novos destinos inimagináveis. Ele ainda tentou sinalizar com os olhos para o companheiro, mas este demorou para perceber as suas intenções, e, quando ameaçou se levantar, Krakatan já saltava sobre o homem do circo que até então o guardara, golpeando-o com a ponta do cotovelo. Aturdido, este desabou de encontro a uma carroça, lutando para livrar-se dos pés dos cavalos que pulavam excitados. Krakatan apanhou do solo o facão e a besta caídos, e correu pela praça, contornando caixas e animais. Os guardas reais chegaram a tempo de segurar o outro selvagem, mas precisaram correr no encalço de Krakatan, que foi ganhando distância graças ao inesperado da fuga.

Entrevado pelas semanas sedentárias, ele custou a reaver o ritmo uniforme das passadas, o movimento coordenado dos braços, enquanto atravessava as vielas estreitas, desviando-se dos transeuntes e das carroças de feno. Ofegava, os músculos relembrando um tempo distante, quando cruzavam densas florestas tropicais, guerreando com as onças e com as hordas das tribos vizinhas. Um pouco atrás, os guardas vinham velozes, tentados a esquecer a ordem para levar os dois selvagens saudáveis e com vida. Se fossem capturados, aguardava-lhes a hospedagem na masmorra de um castelo, a menos que Sua Majestade resolvesse conhecê-los pessoalmente. Então, se caíssem nas graças do rei, talvez passassem a viver nos escaninhos da corte, como amostras de um mundo distante, semelhantes às borboletas dos naturalistas, ou como bobos de uma safra especial e exclusiva. Mas esse é um destino que agora se reservava apenas para o companheiro de Krakatan, pois este corria alucinadamente, enquanto se expunha cada vez mais às armas que os guardas levavam consigo. No final da vila, o mais afoito dos soldados ergueu a besta e fez a flecha sibilar na direção de Krakatan, alheio às ordens contrárias que um colega bradava às suas costas.

Krakatan ouviu o assobio da flecha, e no cicio do vento reconheceu o zumbido familiar dos arcos e lanças de sua terra. Sabia que podia desviar-se daquelas armas, enfim menos estranhas que as outras movidas a explosões. Serpenteando pela encosta de um morro, enveredou por um mosaico de grandes pedras, seguido de perto pelos guardas. Escalou as saliências da rocha, mudando de rumo a cada passo. No alto, pulou para a rocha seguinte e, dali, alcançou uma trilha que se metia numa malha de arvoredos. Continuou a correr por minutos intermináveis, e somente horas depois ousou interromper o avanço e se voltar para trás, encontrando à retaguarda apenas o traçado de uma trilha deserta. Sentou-se na clareira oculta a oeste da trilha, e deitou-se para descansar. À noite, examinou as estrelas, tentando reconstituir o seu mapa na memória de meses atrás. Guardou as direções que julgou interpretar, e, na manhã, seguiu em busca do cheiro do mar.

Semanas mais tarde, alcançou os limites da praia e correu, eufórico, em meio ao balbucio das aves marinhas. Vislumbrando um morro coberto de bosques a partir da praia, considerou que ali seria um bom lugar para buscar abrigo por algum tempo. Entregue à caça de pequenos mamíferos e roedores, foi aos poucos travando conhecimento com as plantas e frutos que o rodeavam. Matou a sede na nascente que se entornava pelo declive da serra. E, nas horas de ócio, usou o facão roubado para ceifar as árvores menores que o rodeavam. Depois de muito tempo, começou a lapidar as toras, dando-lhes o acabamento de formas geométricas perfeitas. Lentamente, trançou-as e as colocou em pilhas, lado a lado e umas sobre as outras. Quando concluiu a construção, derrubou mais árvores e levantou uma segunda maloca. E, em seguida, edificou uma terceira. Alternava a residência nas três pequenas casas. Certos dias, dormia numa delas no início da tarde, e ao cair da noite se recolhia a outra.

Com as novas árvores cortadas, fincou estacas ao redor das três malocas e do pátio vazio que as separava, tecendo em círculo a estrutura de uma paliçada sem portões. Todos os dias, ao partir para a caça, pulava os altos mourões da cerca. Às vezes, assentava-se na praça central e ficava à espera de que pessoas iguais a ele adentrassem pela taba cantando sobre as glórias da caça. Onças bravias atocaiadas na floresta, lutas contra serpentes na teia dos mangues. Histórias de antepassados longínquos, celebrações pelas colheitas férteis e pelas crianças crescendo o ventre das mães. Krakatan esperava horas a fio pela chegada dos seus irmãos. Costumava cantar sozinho e então fechava os olhos para ouvir o madrigal das vozes se erguendo, os pés se chocando contra o chão, as mãos fechando a roda que os unia através do passado e do amanhã.

Quanto tempo se deixou ali ficar à espera de uma tribo que nunca chegaria? O relâmpago dos dias ou a estufa de meses intermináveis? Poderia ter continuado nessa rotina de caça e espera durante o resto da vida, prisioneiro de sua taba no alto da colina. Mas a mente costuma ser como os fluxos de uma ampulheta. Finda a areia, vira-se o instrumento e reinicia-se o eterno ciclo.

Algum ponto nos pensamentos de Krakatan vislumbrou a lucidez, e ele derrubou nova árvore, a maior que o facão conseguiu decepar. Pacientemente, cavou-lhe um cone oco, aplainando as extremidades com o desvelo de um fabricante de jóias. Ao terminar a obra, tinha diante de si uma pequena canoa.

A poucos quilômetros dali, treze grandes navios também se preparavam para partir. Em terra, celebravam uma missa, erguiam cruzes vermelhas em salientes bandeiras brancas. E uma multidão de mil e quinhentos homens transitava em barcos a remo para alcançar as majestosas naus e caravelas, grandes castanhas partidas ao meio, prestes a conhecerem as ondas do temível Mar Oceano.

Enquanto isso, de dois arvoredos esguios Krakatan esculpiu um par de remos. Ao voltar das caçadas, parava diante da embarcação e a examinava detalhadamente, em busca de imperfeições. Dando-se por satisfeito, carregou devagar a canoa encosta abaixo. Espantando as gaivotas, levou o barco até o limite das ondas. Com um empurrão, fez a canoa flutuar e, num salto ágil, embarcou.

Golpeando as águas com a pá dos remos, muito tempo depois vislumbrou a grande frota. Ela seguia ao longe e somente uma das naus se aproximou. Krakatan moveu com ânsia os remos em suas mãos, temeroso de encontrar novamente os torvelinhos e as explosões. Mas os canhões se mantiveram quietos, e, na verdade, somente o capitão mor da esquadra notou a canoa ficando para trás, como uma folha que flutuasse sobre o rastro da nau. Em pé junto à amurada, ele não alterou a pose tranquila e, no espelho de seus olhos azuis, esperou Krakatan retribuir ao seu relutante aceno de mão.

Porém, da piroga, Krakatan viu apenas o homem ao lado do capitão, o seu companheiro antes largado entre os guardas no vilarejo. Vestes estranhas cobriam-lhe o corpo outrora nu, embora as faixas pintadas ainda colorissem o rosto moreno. Ele segurava-se na amurada, parecendo prestes a saltar nas águas para unir-se a Krakatan, mas o capitão segurava-lhe suavemente o braço, ao mesmo tempo em que apontava para o horizonte, lembrando-lhe que deveria guiá-los através do oceano em sua volta para casa. Depois, acenou novamente para Krakatan, pedindo que se aproximasse da caravela e fosse, também, recolhido pela expedição.

Krakatan lacrimejou, vendo o companheiro próximo, mas de alguma forma irremediavelmente distante. Lembrou-se da taba deserta que largara sobre a colina. Recordou-se também de uma outra taba, envolta por densas palmeiras, deixada para trás há muito tempo, quando partira numa expedição de guerra contra desconhecidas embarcações, similares às que agora via navegarem à sua frente. No entanto, imune às perdas, alimentava-se da certeza de que encontraria novamente o seu povo. Sabia que tinham todo um passado para contar uns aos outros e um futuro à espera de ser erigido em cada dia, nas aventuras pela mata e nas lutas contra as tribos hostis. Assim, remou para longe da caravela e, quando se sentiu em segurança, retomou também o seu caminho para a distante linha onde o mar tocava as nuvens no céu.

Cantando em voz baixa enquanto navegava, ele acreditava que ainda continuaria a escrever o seu destino. Mas, muitos metros à frente, as naus e caravelas se afastavam na neblina, e às suas gloriosas velas agora pertenceria a História. À revelia de Krakatan, de seus pais e de seus filhos.

A Moça Triste de Berlim

> Tudo se perde a tal ponto que
> parece nunca ter acontecido...
> a ponto de ser algo com que
> sonhamos em algum lugar...
>
> (Thomas Wolfe,
> *O Menino Perdido*)

𝕋enho traças na memória. Insetos que se arrastam pela mente enquanto me roubam a certeza do tempo. Estou certo de uma única parte de minha curta existência. Ela se repete incessante, um refrão que vejo e repasso, como se ali pudesse encontrar alguma explicação que nunca descobri.

O embarque em Frankfurt. Os interrogatórios da SD, a polícia secreta da SS. O mar se mexendo lá embaixo como uma rede azul e no céu o grande dirigível deslizando num movimento de nuvem. Eu viajava no ventre do *Hindenburg*, uma baleia flutuando entre os pássaros e não sob as águas do Atlântico. Deixava-me levar de volta ao Rio, de encontro às lembranças de meu irmão torturado pela polícia de Getúlio, de Graciliano preso na Ilha Grande, Prestes cativo em algum canto do país, sua mulher entregue aos nazistas alemães. Havia Pagu, Pedro Ernesto, Agildo Barata. E centenas de outros que me esperavam depois das ba-

leias, que lá embaixo seguiam num curso igual ao do zepelim.

Às vezes penso nessa única cena: os cetáceos esquiam na superfície azul como um recado de paz, uma mensagem estranha que eu não podia traduzir naquele momento. Não ao me lembrar de meu irmão, um linguarudo inocente de atos, falando em cabarés da simpatia pela extinta Aliança Libertadora Nacional, e sendo enfim denunciado entre copos de cerveja e músicas de Noel. Penso se ele está preso ou morto. Contudo sou incapaz de discernir os instantes. Já não sei se vivo o ontem ou o depois.

Quanto tempo me detive na janela do camarote, acompanhando o deslizar do horizonte? Não sei nem mesmo em que momento desci a escada metálica do beliche, saltando por cima da rede que me protegia do improvável tombo. Passei o resto daquela tarde no camarote? Ou talvez tenha seguido até o convés de passeio para desfrutar de conversas amenas, lembrar aos demais passageiros que eu era um inocente repórter da *Gazeta de Notícias*.

Desci as escadas até o convés. Mulheres de coque nos cabelos, longos vestidos tocando o chão, homens de terno e gravata debruçados em janelas panorâmicas. Caminhei ouvindo o zumbido das ondas que se agitavam muitos metros abaixo. Sentei-me numa cadeira do convés, ansioso por um cigarro. Mas não tinha ânimo de ficar sozinho na pequena sala de fumar, já que não se riscavam fósforos no resto do zepelim.

Reconheci Beatrice, a mulher judia com quem jantara na noite anterior. Ela viajava ao encontro dos pais em Santa Catarina. Fiz de conta que não a tinha visto e segui para o fundo do salão. Não suportaria de novo ouvi-la com sua angústia em forma de voz, ruminando a história do noivo desaparecido pela Gestapo, reaparecendo depois inválido e demente, terminando por suicidar-se em alguma rua escura de Berlim. Uma corrente de elos que convertiam o dirigível numa ponte entre dois infernos. Dois mundos de horror, o brasileiro e o alemão, que para o pior dos pesadelos começavam a demonstrar uma mútua simpatia. Beatrice. Era por causa dela e seu noivo, pessoas desconhecidas que simbolizavam um caos, por meu irmão e todos os outros, que me restava a bomba como última opção.

Nas escadas me encontrei com o comandante da aeronave. Simpático, dedicou-me um sorriso e chegou a perguntar pela reportagem que eu preparava. Respondi, sem intenção de ironia, que talvez fosse a melhor matéria já publicada sobre o *Hindenburg*. Segui pelos corredores e à porta da cabine me defrontei com o oficial da Luftwaffe. Como nas outras ocasiões, ele me encarou antes de cumprimentar, examinou-me para confirmar se não havia riscos em desejar-me uma boa tarde.

Algumas vezes pensei em provocá-lo. Abordar de frente o assunto da bomba, que eu sabia ser a razão de sua presença nas viagens do dirigível. Hitler temia um atentado, alguém já deixara um explosivo a bordo do *Graaf Zeppelin*, a outra aeronave da frota. Getúlio Vargas não se preocupava muito com isso. Às vezes, eu até me perguntava se ele conhecia as coisas que aconteciam nos subterrâneos de sua lei, em algumas prisões ou nas masmorras do DOPS.

Abri a mala e retirei inocentes caixas de perfumes e sapatos. As peças desmontadas do explosivo, até então ocultas numa dúzia de objetos, espalharam-se no chão da cabine. Todas estavam intactas, constatei aliviado. Eu suspeitava que os comissários revistavam as bagagens ao mexer nas roupas de cama. Até prova em contrário, considerava nazistas todos os alemães. E por isso, nos confusos raciocínios que então conduziam meus atos, talvez merecessem morrer.

Mas eu não os mataria. O dispositivo de tempo iria detonar o explosivo muito depois do pouso no Rio de Janeiro. Eu julgava suficiente a ousadia de alguém estourando o balão em terra na Capital Federal, quebrando o silêncio que amordaçava o país desde o fracasso da tomada do 3º Regimento de Infantaria pelos militares comunistas de Agildo Barata.

Montei a bomba e a escondi sob a cama. Até a hora do pouso não haveria mais tempo para comissários fazerem visitas indiscretas aos camarotes. Tranquei a porta e saí com a máquina fotográfica nas mãos. O Rio começava a surgir no horizonte.

Conversei algum tempo com um jornalista do *Der Spiegel*, homem afável que gostava de Carmem

Miranda, e mais tarde bebi algo no restaurante. Inquieto, acabei por levantar-me e fui até uma janela do corredor lateral. Vi as serras se aproximando como se um vento as soprasse em nossa direção. Sobre as águas, pequenos pontos coloridos eram barquinhos rumando para a Baía de Guanabara.

Planejava o comunicado à Rádio Nacional depois da explosão. Exigiria o fim do Tribunal de Segurança Nacional, dos julgamentos sumários, pediria a libertação de centenas de pessoas encarceradas em razão de simples denúncias. Senão continuaria os atentados até que Getúlio Vargas renunciasse.

As ondas batiam nas areias de Ipanema e as gaivotas nos seguiam em voo de escolta. Em breve a terra deslizaria sob o dirigível, cabos desceriam do alto, seriam presos ao chão. Eu caminharia pelas ruas da cidade e algum estrondo distante me contaria a consumação do ato de justiça.

No entanto nada disso aconteceu. Onde eu estava no momento em que perdi o momentâneo controle sobre a vida? No convés de passeio, conversando com o médico gaúcho sobre as eleições em Lienchtenstein, quando os dirigíveis sobrevoaram o pequeno país com alto-falantes que propagavam Hitler e o Partido Nacional Socialista? Na cabine, tentando o tardio desarme da bomba? Caminhando nas entranhas da nave, entre uma profusão de sacos de gás, rodeado por duzentos mil metros cúbicos de hidrogênio, ciente do poder de uma fagulha em qualquer ponto do zepelim?

Na verdade, eu bebia com Beatrice. Um copo de cerveja alemã em homenagem aos judeus e comunistas, às bruxas e aos cristãos, aos árabes mortos nas cruzadas, aos índios destruídos pelos europeus. E naquela tarde de quinta-feira, levitando no seio de um animal de ferro e pano, julguei apaixonar-me pelos olhos tristes da moça judia.

O álcool da cerveja me levou ao delírio? É ele que agora prossegue os pesadelos onde habito? Desejo que seja essa a verdade. Porque Beatrice, minha bela e frágil companheira de viagem, foi a primeira a desaparecer. O som a princípio lembrou uma tempestade. Logo a seguir vimos um clarão competir com o sol na luz da tarde. A esfera de labaredas se expandiu na direção da proa do dirigível. Em pouco tempo levantou-se um cogumelo disforme, laranja e amarelo, um crepúsculo precoce que da praia a multidão de espectadores assistiu impotente.

As pessoas caíram umas sobre as outras. Objetos imprensaram-nas contra as paredes. E alguns passageiros, Beatrice antes de todos, desprenderam-se através das janelas abertas, mergulhando rumo às águas distantes. Tripulantes sugados pelo fogo, um casal de velhos caído ao lado dos cálices de vinho, um menino e seu brinquedo preso entre as ferragens. Vi infinitas mortes e ainda as vejo. Não sei se elas se repetem ou se as relembro. De súbito as coisas voltam ao início, a bomba explodindo, o fogo se alimentando dos gases. E o incêndio se alastra, sorvendo a beleza do dirigível que se desfaz.

Eu apenas assisto à catástrofe. Estou dentro dela, mas não chego ao seu final. As lembranças recomeçam infinitamente, dando-me a certeza de ter enlouquecido ou me transformado num espírito vagante. Porém, elas não retroagem ao ponto anterior, quando um instante de lucidez talvez me fizesse não reunir as peças que comporiam a bomba, aquele artefato que não desmontou o regime, não destronou Vargas ou Hitler, apenas apagou um terno sonho em forma de dirigível e fez desaparecer minha triste moça de Berlim. Quem sabe quando tudo terminar será a minha vez de descer com o dirigível rumo ao seu destino de leviatã.

Mas as traças criam vãos na memória e consigo rever somente o estrondo, as chamas, Beatrice partindo para sempre. E sei que é um sonho inútil a imagem de nosso desembarque, o reencontro de mãos dadas pela orla, acenando de longe para o *Hindenburg* que volta a planar em meio às nuvens.

Através das janelas quebradas do zepelim, não vejo mais o horizonte, mas somente o fogo honrando os seus desígnios de fogo. Ao olhar, cumpro a maldição e contemplo até o fim dos tempos a voracidade da morte. E então me desespero por saber que já não posso contê-la, passageiro de um interminável voo em chamas, rumo ao destino que eu próprio escolhi.

ASAS DO VENTO

Duplo Fantasia Heroica

O Encontro Fortuito de Gerard Van Oost e Oludara / A Travessia, de Christopher Kastensmidt/Roberto de Sousa Causo. Devir, 128 páginas. Capa de Jay Beard.
ISBN: 978-85-7532-454-7

Duas noveletas repletas de aventura e seres fabulosos. Duas novelas que, como os antigos bandeirantes, rompem o Tratado de Tordesilhas da literatura brasileira e abrem nosso território e cultura para a fantasia do tipo espada e feitiçaria.

O Encontro Fortuito de Gerard van Oost e Oludara, de Christopher Kastensmidt. Van Oost, um aventureiro e viajante holandês, e Oludara, um guerreiro ioruba tomado como escravo, encontram-se em Salvador durante o Brasil Colônia, dispostos a, com muita astúcia e coragem, formar uma dupla de heróis como nunca se viu.

> "Gostei de 'O Encontro Fortuito de Gerard van Oost e Oludara', de Christopher Kastensmidt. Esta é uma espécie de história de origem, e por isso vemos cada herói realizar um feito de heroísmo (e esperteza), preparando as próximas aventuras da dupla."
> — Rich Horton, *Locus Magazine*

A Travessia, de Roberto de Sousa Causo. Em um Brasil pré-colombiano, o índio Tajarê e sua mulher, a sacerdotisa viking Sjala, tentam voltar para casa, fugindo da ira das amazonas, mas ante precisam chegar à outra margem do Grande Rio — enquanto a floresta é tomada por criaturas monstruosas.

> "Com seu estilo rico e seguro, Causo vai tecendo uma epopéia admirável, plena de detalhes e com vocabulário extenso."
> — Miguel Carqueija, *Scarium Online*

DUPLO CYBERPUNK

O Consertador de Bicicletass / Vale-Tudo, de Bruce Sterling/Roberto de Sousa Causo. Devir, 128 páginas. Capa de Benson Chin.
ISBN: 978-85-7532-455-5

Duas narrativas ousadas mas bem-humoradas sobre a vida nas ruas de grandes metrópoles do futuro próximo. Explorando a tecnologia da informação e a interface entre o homem e a máquina, a ficção científica *cyberpunk* tem estado na dianteira do gênero desde a década de 1980, e tem como principais expoentes Bruce Sterling e William Gibson.

O Consertador de Bicicletas ("Bicycle Repairman"), de Bruce Sterling. Nesta novela vencedora do Prêmio Hugo 1997, Sterling coloca Lyle Schweik, um simples consertador de bicicletas, no centro de uma intriga internacional envolvendo comunidades anarquistas, personalidades cibernéticas e contrabando de sistemas secretos. Bruce Sterling é autor do romance *Tempo Fechado*, também lançado pela Devir. "Bicycle Repairman" foi traduzida por Carlos Angelo.

"O Robin Hood dos foras-da-lei eletrônicos...
Ninguém escreve melhor sobre o fato de que o
fantasma na máquina somos nós."

—*The Times*

Vale-Tudo, de Roberto de Sousa Causo. Uma noveleta que descreve a visita da jornalista americana Jareen Jackson a um Brasil caótico, onde ela se depara com bizarros reality shows e um grupo de resistência social que tenta expor a verdade sobre o devastador acidente nuclear que mudou o país.

"Talvez um dos melhores autores da ficção científica
brasileira da atualidade."

—Ronaldo Bressane, *Brasil Econômico*